Analyse de l'œuvre

Par Fanny Normand
et Pauline Coullet

Supplément au voyage de Bougainville

de Denis Diderot

lePetitLittéraire.fr

Rendez-vous sur lepetitlitteraire.fr et découvrez :

Plus de 1200 analyses
Claires et synthétiques
Téléchargeables en 30 secondes
À imprimer chez soi

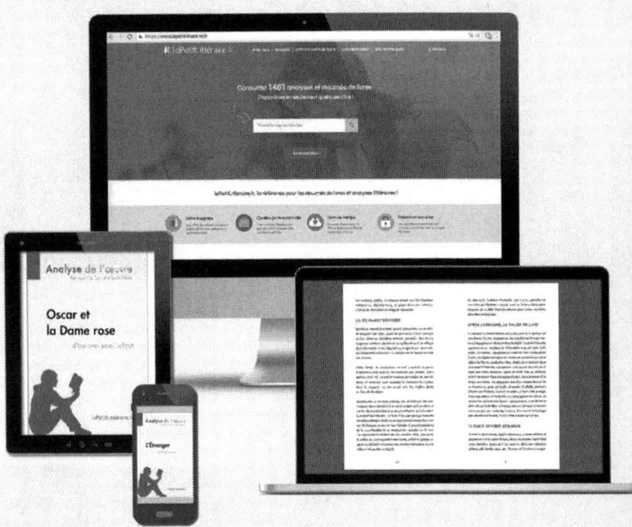

DENIS DIDEROT

ÉCRIVAIN, PHILOSOPHE ET ENCYCLOPÉDISTE FRANÇAIS

- **Né en 1713 à Langres (Haute-Marne)**
- **Décédé en 1784 à Paris**
- **Quelques-unes de ses œuvres :**
    - *Jacques le Fataliste et son maître* (1796), roman
    - *Paradoxe sur le comédien* (1830), essai
    - *Le Neveu de Rameau* (1891), dialogue

Denis Diderot est l'un des philosophes majeurs du Siècle des Lumières. Il est surtout connu pour avoir été de 1747 à 1765, avec Jean Le Rond d'Alembert (1717-1783), le maitre d'œuvre de l'*Encyclopédie* (1751-1772), dont il a rédigé plus d'un millier d'articles.

Auteur prolixe, il s'est essayé à plusieurs genres littéraires : il a écrit des romans comme *Jacques le fataliste et son maître*, des essais philosophiques comme la *Lettre sur les aveugles à l'usage de ceux qui voient* (1749), des dialogues philosophiques comme *Le Neveu de Rameau*, ou encore des pièces de théâtre comme *Le Fils naturel ou Les Épreuves de la vertu* (1757).

SUPPLÉMENT AU VOYAGE DE BOUGAINVILLE

DEUX MONDES BIEN DIFFÉRENTS : TAHITI *VERSUS* L'EUROPE

- **Genre** : conte philosophique
- **Édition de référence** : *Le Neveu de Rameau et autres dialogues philosophiques*, Paris, Gallimard, coll. « Folio Classique », 1972, 434 p.
- **1re édition** : 1796
- **Thématiques** : mythe du bon sauvage, nature, culture, civilisation européenne, religion, sexualité

Rédigé en 1772, puis publié de façon posthume en 1796, le *Supplément au voyage de Bougainville*, dont le titre complet est *Supplément au voyage de Bougainville, ou Dialogue entre A et B sur l'inconvénient d'attacher des idées morales à certaines actions physiques qui n'en comportent pas*, est un conte philosophique qui se présente sous la forme d'un dialogue.

A et B sont deux personnages inconnus qui discutent d'un récit publié en 1771 par Louis Antoine de Bougainville (navigateur et explorateur français, 1729-1811), dans lequel celui-ci raconte la découverte qu'il a faite de Tahiti pendant l'un de ses voyages autour du monde. A et B se servent de ce texte pour comparer les mœurs tahitiennes, conformes au code de la nature, et les mœurs européennes, régies par des codes stricts.

Ainsi, Diderot, à travers la description de la société tahitienne, veut démontrer les défauts de la société européenne du XVIIIᵉ siècle.

Le titre de « Supplément », que Diderot choisit pour son écrit, renvoie à l'idée d'un texte complètement imaginaire (le récit à Tahiti) mais présenté comme vrai (dans le dialogue de Diderot) qui s'ajoute à un récit réel (le Voyage de Bougainville) pour le discuter. C'est une forme-limite, une mise en scène audacieuse de la réflexivité.

Le sous-titre du roman, *Dialogue entre A et B sur l'inconvénient d'attacher des idées morales à certaines actions physiques qui n'en comportent pas*, met en relief l'opposition entre la sexualité, liée à la nature, et les normes sociales imposées par la société européenne. En prenant l'exemple de la vie sexuelle, Diderot se demande quelle est la meilleure attitude à adopter dans une société civilisée, une fois démontré que les normes qui la régissent sont en contradiction avec le principe naturel.

RÉSUMÉ

PREMIÈRE PARTIE – JUGEMENT DU VOYAGE DE BOUGAINVILLE

En attendant que le brouillard se lève pour pouvoir se promener, B, un personnage dont on ne sait rien, lit le *Voyage autour du monde*, un récit rédigé par l'explorateur Louis Antoine de Bougainville après une grande expédition maritime qui l'a mené dans des contrées lointaines. B fait part de son enthousiasme à son ami A, assis à côté de lui.

Il évoque plusieurs « choses singulières » que l'explorateur décrit dans ses carnets de voyage, comme les Patagons, un peuple d'Amérique du Sud qui, affirme-t-il, sont de toute petite taille, mais ont les membres et la tête d'une grosseur surnaturelle. Pourtant, A se doute bien qu'il s'agit là d'inventions :

> « Né avec le goût du merveilleux qui exagère tout autour de lui, comment l'homme laisserait-il une juste proportion aux objets, lorsqu'il a pour ainsi dire à justifier le chemin qu'il a fait et la peine qu'il s'est donnée pour les aller voir au loin ? » (p. 288)

Face au scepticisme de A, B lui recommande la lecture du *Supplément au voyage de Bougainville*, un texte imaginé par Diderot qui revient sur quelques évènements que Bougainville aurait vécus. Les deux personnages vont donc parcourir le récit et le commenter ensemble.

DEUXIÈME PARTIE – LES ADIEUX DU VIEILLARD

A et B lisent certains passages de façon non chronologique : ils commencent au moment où Bougainville et son équipage s'apprêtent à quitter l'ile de Tahiti. Or, dans ce récit, tandis que les Otaïtiens (terme qui désignait les Tahitiens) pleurent à l'idée du départ, un vieillard de 90 ans, qui les avait accueillis avec dédain, s'approche de la foule et demande au peuple de se réjouir de voir partir les Européens. Il est persuadé qu'un jour ces étrangers reviendront à Tahiti pour assujettir les habitants de l'ile.

Le vieillard s'adresse ensuite à Bougainville et lui tient un long discours. Il affirme que jusque-là, les Tahitiens vivaient heureux, car ils suivaient le pur instinct de la nature. Alors qu'ils mettaient tous leurs biens en commun, les Français ont introduit la notion de propriété, ce qui a entrainé des conflits entre les habitants de l'ile. Les Otaïtiens étaient en outre sains et robustes, mais les Français leur ont transmis des maladies vénériennes : les autochtones devront donc massacrer les personnes infectées pour que la maladie cesse de se propager. Les hommes et les femmes s'accouplaient auparavant sans honte, à la face du ciel, au gré de leurs désirs, puis les Français leur ont inculqué les notions de fidélité et de pudeur. Depuis, les femmes se déchirent entre elles, et les couples ne procréent plus sans rougir.

Le vieillard exhorte Bougainville et ses compagnons à s'éloigner au plus vite, tout en prédisant à son peuple un destin funeste.

TROISIÈME PARTIE – L'ENTRETIEN DE L'AUMÔNIER ET D'OROU

A et B lisent le passage du *Supplément* où il est question de l'entretien qu'eut l'aumônier de l'équipage de Bougainville avec un habitant de l'ile.

Alors que l'équipage se divise pour être logé par les Otaïtiens, l'aumônier est accueilli par Orou, un jeune père de famille.

Tous deux ont environ 35 ans. En gage d'hospitalité, Orou offre au prêtre de dormir avec l'une de ses trois filles ou avec sa propre femme. Il lui demande d'accorder sa préférence à la plus jeune qui n'a encore jamais été mère, dans l'espoir que l'aumônier lui fasse un enfant. Celui-ci commence par protester au nom de sa religion, mais il finit par céder.

Le lendemain, Orou lui pose des questions sur la religion, une notion qu'il ne connait pas. L'aumônier lui parle alors des principaux préceptes religieux, qui interdisent à une femme et à un homme de coucher ensemble s'ils ne sont pas mariés, et qui prohibent l'inceste et l'infidélité. Orou trouve ces règles absurdes, contraires à la nature et à la raison.

À son tour, Orou décrit les mœurs de son peuple. Il affirme que les hommes et les femmes ont autant de relations sexuelles qu'ils le veulent, sans pudeur et sans honte. Il lui décrit l'organisation sociale de l'ile, beaucoup plus libre que ne l'est celle de la civilisation européenne.

A et B interrompent leur lecture pour parler de l'aventure de Miss Polly Baker, une jeune femme traduite devant un tribunal de justice en Angleterre pour être tombée enceinte à cinq reprises sans être mariée.

QUATRIÈME PARTIE – SUITE DE L'ENTRETIEN DE L'AUMÔNIER AVEC L'HABITANT DE TAHITI

Orou décrit les usages matrimoniaux des Tahitiens. Il affirme que l'adultère et l'inceste ne sont pas considérés comme des crimes. Au contraire, tout ce qui peut permettre d'augmenter la population de l'ile est perçu comme un bienfait, les enfants étant considérés comme une richesse. Il explique qu'une action est jugée bonne seulement si l'intérêt général en bénéficie.

Orou révèle ensuite à l'aumônier que si les Tahitiens ont offert leurs femmes aux membres de l'équipage de Bougainville, c'est avant tout par intérêt : ils ont l'espoir que les enfants qui naitront de ces unions auront à la fois l'intelligence des Français et la robustesse des habitants de l'ile.

L'aumônier passe les nuits suivantes avec les deux autres filles d'Orou, puis avec sa femme.

CINQUIÈME PARTIE – SUITE DU DIALOGUE ENTRE A ET B

Après la lecture du *Supplément*, A et B reprennent leur conversation. A se demande quelles sont les conclusions à tirer de l'exemple de ce peuple qui a calqué tous ses usages sur la nature. Les personnages passent donc au crible toutes les institutions et les coutumes européennes, afin de savoir dans quelle mesure elles contraignent l'homme à un comportement contre nature.

A demande à B s'il lui semble préférable de retourner à l'état de nature : celui-ci répond qu'il vaut mieux respecter les lois de son pays pour éviter le désordre. Bien qu'il ait décrit avec emphase l'organisation de la société tahitienne, il ne veut pas pour autant que l'Europe retourne à l'état naturel. Ce qui est vrai pour un peuple ne l'est pas forcément pour un autre. B explique donc que la meilleure solution est de faire comme l'aumônier : porter l'habit à Paris et se défroquer à Tahiti. À la fin de la conversation, une fois la question résolue, le brouillard se lève.

ÉTUDE DES PERSONNAGES

A ET B

A et B sont les personnages principaux. Ils discutent en attendant que le brouillard se lève. Ils sont uniquement nommés grâce à ces deux lettres, A et B, ce qui en fait des personnages anonymes, dépourvus d'une bonne part de personnalité. On sait seulement qu'ils habitent en France.

A découvre le *Supplément*, qu'il ne connaissait pas, grâce à B, à qui il pose beaucoup de questions au cours du dialogue. Il reste assez sceptique par rapport aux mœurs tahitiennes et émet de nombreuses objections. Quant à B, très enthousiaste après la lecture du *Supplément*, c'est lui qui mène le dialogue face à A. Il est persuadé que les mœurs des Tahitiens sont préférables à la culture européenne et tente de rallier A à sa cause.

La présence des deux personnages anonymes permet de donner au roman sa forme dialogique : si B prend la parole la plupart du temps, il est sans cesse relancé et interrogé par A, qui émet de nombreuses objections. En confrontant leurs deux points de vue souvent différents sur les différents thèmes abordés, A et B représentent la pensée de Diderot en constante évolution. L'auteur ne cesse de s'interroger et d'analyser plusieurs points de vue afin d'approfondir sa réflexion.

LE VIEILLARD TAHITIEN

Âgé de plus de 90 ans, le vieillard tahitien est l'un des chefs de l'ile de Tahiti. Père d'une famille nombreuse, il est encore robuste malgré son grand âge. Il apparait dans la deuxième partie du texte, lorsque A et B évoquent le départ de Bougainville et de son équipage. Sa sagesse lui permet de prévoir les conséquences funestes provoquées par le séjour des Européens sur l'ile. Il met en garde les Tahitiens qui pleurent de voir les Français partir : à l'en croire, ces derniers ont introduit corruption et maladies dans leur société.

OROU

Orou est un habitant de l'ile de Tahiti. Jeune père de famille d'une trentaine d'années, il vit avec sa femme et leurs trois filles. Il accueille chez lui l'aumônier de l'équipage de Bougainville et lui offre de passer la nuit avec l'une de ses filles ou même avec sa propre femme. Leur conversation est relatée dans les troisième et quatrième parties du livre. Il décrit à l'aumônier les mœurs des Tahitiens, puis lui pose des questions très naïves sur la civilisation européenne, ainsi que sur Dieu et la religion. Il a des difficultés à comprendre la culture et les règles contraignantes des Européens, lui qui vit dans une société tournée vers l'instinct naturel, la reproduction et le bonheur.

L'AUMÔNIER

L'aumônier est un ecclésiastique européen de 35 ans. Accueilli par Orou, il commence par refuser de passer la nuit avec une femme, prétextant que sa religion l'en empêche. Il finit pourtant rapidement par céder.

Au départ personnage plutôt ridicule (puisqu'il abandonne diligemment ses convictions religieuses pour céder aux avances de la fille d'Orou), il devient un personnage de plus en plus consistant à travers les dialogues. Il tente d'apprendre à Orou le fonctionnement de la société européenne, mais la réaction de son interlocuteur ébranle ses convictions religieuses. Il perd ses préjugés au fil de la discussion et comprend la relativité des cultures. C'est finalement son exemple que Diderot nous invite à suivre à la fin de son roman, puisqu'il est en accord avec la nature à Tahiti mais redevient moine en France.

CLÉS DE LECTURE

LES LUMIÈRES OU LA MISE EN AVANT DE LA RAISON

Le *Supplément au voyage de Bougainville* a été rédigé pendant le Siècle des Lumières. Il s'agit d'un mouvement intellectuel né au début du XVIIIe siècle en Europe, dont le nom vient de la volonté des philosophes de l'époque de combattre l'ignorance (les ténèbres, l'obscurantisme) par les lumières de la raison et d'éclairer le plus grand nombre en diffusant le savoir. L'*Encyclopédie*, dirigée par Diderot et d'Alembert, est l'un des meilleurs symboles de cette volonté de promouvoir la connaissance et de la répandre auprès du public. Les intellectuels et les philosophes souhaitent que les hommes utilisent leur raison pour penser par eux-mêmes, et encouragent donc la science comme remède à la superstition et à l'intolérance religieuse.

Ainsi, les philosophes, exerçant leur raison, remettent tout en cause. Voltaire (écrivain et philosophe français, 1694-1778) s'implique, par exemple, dans des affaires judiciaires et milite notamment pour l'abolition de la torture et de l'esclavage. Comme de nombreux intellectuels de l'époque, il considère que les religions et les pouvoirs tyranniques ont fait naitre le mal dans des sociétés qui auraient pu, sans cela, être heureuses.

Les philosophes des Lumières cherchent à fonder l'éthique, c'est-à-dire l'ensemble des principes moraux qui sont à la base de la conduite des individus, ailleurs que sur la révélation religieuse. La sécularisation de la pensée morale incite les philosophes à rechercher ce fondement dans la nature. Le terme de « nature » se voit alors attribuer une multiplicité de sens :

- la nature est l'équivalent de l'origine que l'on oppose à la dénaturation de la société ;
- c'est également le concept universel à l'aune duquel on juge les institutions ;
- c'est enfin le champ d'expérience à partir duquel il est possible de prouver la rationalité de l'univers contre les chimères de la révélation.

Ainsi, Diderot et Rousseau (écrivain et philosophe français, 1712-1778), deux des plus grands représentants du Siècle des Lumières, vantent la vie simple et heureuse de l'homme proche de la nature. Pour autant, il ne s'agit pas pour eux de préférer l'homme naturel par rapport à l'homme civilisé, mais bien de critiquer ce dernier à l'aune des principes qui guident le premier.

LES VOYAGES AUTOUR DU MONDE

Pendant tout le XVIIIe siècle, l'on se passionne pour les récits de voyage. À cette époque, les explorateurs partent au bout du monde et en reviennent avec des descriptions détaillées des mœurs de contrées lointaines. À partir de la seconde moitié du siècle sont lancées les grandes expéditions scientifiques.

Bougainville, au retour d'une expédition pendant laquelle il s'est arrêté à Tahiti, publie le récit de son voyage : *Voyage autour du monde par la frégate du roi la Boudeuse et la flûte d'étoile* (1771). Contrairement à d'autres récits de voyage, les descriptions qu'il fait de ces contrées lointaines ne sont pas extravagantes. Au contraire, son esprit méthodique lui permet de décrire les hommes qu'il a rencontrés pendant son périple avec beaucoup d'exactitude et de précision, si l'on en croit la description que fait de lui B, dans la première partie du *Supplément* :

> « Bougainville est parti avec les lumières nécessaires et les qualités propres à ses vues : de la philosophie, du courage, de la véracité, un coup d'œil prompt qui saisit les choses et abrège le temps des observations ; de la circonspection, de la patience, le désir de voir, de s'éclairer et d'instruire, la science du calcul, des mécaniques, de la géométrie, de l'astronomie, et une teinture suffisante d'histoire naturelle. » (p. 285)

Son portrait correspond donc parfaitement à l'homme idéal prôné par la philosophie des Lumières.

LE MYTHE DU BON SAUVAGE

Le mythe du bon sauvage voit le jour à l'époque de ces grandes expéditions autour de la Terre. Suite aux descriptions qu'on leur fournit, les philosophes des Lumières vantent les mérites des peuples innocents et purs, vivant à l'état de nature, que la civilisation n'a pas encore corrompus.

La description que Bougainville fait de Tahiti dans son *Voyage autour du monde* interpelle Diderot. Le navigateur décrit cette ile comme un véritable paradis terrestre, où les habitants sont généreux et hospitaliers (« Le caractère de la nation nous a paru être doux et bienfaisant. Il ne semble pas qu'il y ait dans l'île aucune guerre civile, aucune haine particulière », BOUGAINVILLE L. A. de, *Voyage autour du monde par la frégate du roi la Boudeuse et la flûte l'étoile,* chapitre X, p. 112). Le mythe du bon sauvage revient donc à idéaliser l'homme à l'état de nature.

Diderot, dans son *Supplément,* se sert de ce récit pour critiquer, par comparaison, la civilisation européenne. Dans les troisième et quatrième parties du texte, les questions très naïves que pose Orou à l'aumônier sur la religion permettent de mettre en évidence les vices et les incohérences des institutions et des coutumes françaises. Si les Tahitiens, tels que nous les décrit Bougainville dans son ouvrage avaient quelques défauts, Diderot prend soin de ne pas les mentionner pour que le contraste entre les mœurs européennes et les mœurs tahitiennes soit plus évident et afin de mieux faire ressortir les failles de la civilisation française.

Notons que les sociétés primitives ont été largement rêvées et idéalisées par les philosophes des Lumières qui, à l'instar de Diderot dans son *Supplément,* s'en servaient pour critiquer les institutions et les traditions européennes. Ils observaient la manière dont on vivait ailleurs afin de réfléchir au bienfondé du système européen, pratiquant ainsi une littérature critique et engagée.

LE DIALOGUE PHILOSOPHIQUE

Diderot choisit une forme intéressante pour son récit, celle du dialogue. Il s'agit d'un genre d'abord utilisé dans l'Antiquité par Platon (philosophe grec, 427-348/347 av. J.-C.), pour restituer de manière vivante la pensée de son maitre Socrate (philosophe grec, 470-399 av. J.-C.), comme dans son œuvre la plus célèbre, la *République*.

Chez Diderot comme chez Platon, la conversation entre deux amis n'est qu'un prétexte au développement de la pensée philosophique. Chez Platon, le personnage de Socrate pratique la **maïeutique**, c'est-à-dire l'art de conduire l'interlocuteur à découvrir et à formuler les vérités qu'il a en lui. Déclarant ne savoir qu'une seule chose, à savoir qu'il ne sait rien, Socrate ne cesse d'interroger son interlocuteur sur ce qu'il prétend savoir, en particulier sur les définitions de termes, même les plus simples, que ce dernier utilise dans son discours. Force est de constater que, face aux questions en apparence naïves de Socrate, l'interlocuteur est déstabilisé et finit par avouer que son discours est sans fondement. Relançant constamment l'interrogation, jusqu'à ébranler toutes les certitudes de son interlocuteur, Socrate fait figure de moteur du dialogue, lui permettant de se transformer en une véritable quête philosophique. L'échange entre les interlocuteurs, dans le dialogue platonicien comme dans le dialogue entre A et B, confronte les points de vue, montre l'incertitude et l'hésitation, et laisse ainsi les questions ouvertes. Le dialogue amène donc le lecteur à se poser des questions ; il aiguise sa réflexion et son esprit critique. Diderot met en cause les certitudes du lecteur et accorde plus d'importance au questionnement qu'aux réponses.

Il permet aussi, en confrontant les points de vue, de présenter **une idée et son contraire**, comme lors des nombreux désaccords entre A et B, ou de l'échange entre l'aumônier et Orou. En confrontant constamment une idée à son contraire, Diderot révèle les contradictions de la pensée et la met face à ses paradoxes. Toute société, toute culture est ainsi relativisée : aucune ne peut plus croire à l'absoluité des principes qui la guident.

Le dialogue provoque aussi la **digression**. En effet, l'ouvrage de Diderot est composé de cinq parties qui n'ont pas forcément de rapport entre elles. Les anecdotes et évènements relevés et discutés par A et B ne respectent pas la chronologie des faits (B évoque en premier le départ de l'ile, puis enchaine sur l'arrivée des explorateurs à Tahiti), ni leur logique (il n'y a pas de raisonnement précis dans l'enchainement des anecdotes). Au contraire, les digressions permettent de développer plusieurs idées (l'organisation de la société tahitienne, mais aussi celle de la société européenne, comme avec l'histoire de Polly Baker, par exemple) tout en revenant toujours sur le sujet principal de l'œuvre : l'état de nature est-il supérieur à l'état de civilisation ?

Le dialogue entraine, enfin, **les récits enchâssés**, que l'on retrouve en nombre chez Platon. Dans le dialogue entre A et B sont emboités plusieurs récits, principalement certains passages du *Supplément*, que A et B sont en train de lire, comme les adieux du vieillard et la conversation entre Orou et l'aumônier. Les récits enchâssés permettent, par exemple, d'offrir des morceaux d'éloquence, comme le discours du vieillard ou bien la plaidoirie de Polly Baker. Ils permettent donc de diffuser de façon détournée le message de l'auteur.

Diderot, à la manière des philosophes antiques, utilise donc le dialogue afin de mettre en scène et de confronter différents points de vue. Il invite ainsi le lecteur à remettre en question ses certitudes tout en relançant constamment la réflexion. Il utilise aussi la polyphonie de son œuvre pour donner la parole aux absents, les Tahitiens. Il accorde de l'importance à la figure de l'autre, de l'étranger, du « sauvage » et lui permet de s'exprimer. En cela, Diderot est bien un philosophe des Lumières : il met l'homme au centre de ses préoccupations et n'hésite pas à remettre en question les modes de vie dits « civilisés », gageant que les barbares ne sont pas toujours ceux que l'on croit.

UTOPIE OU CRITIQUE DE LA VIEILLE EUROPE ?

Le genre utopique

Tout au long de son dialogue, Diderot désigne Tahiti comme une sorte de cité idéale où les habitants sont heureux et s'épanouissent dans leur état de nature. Il semble donc, en cela, faire de son œuvre une sorte d'utopie (en grec ancien, « pays de nulle part »), à la manière de Thomas More (humaniste et théologien anglais, 1478-1535) dans son livre du même nom (*L'Utopie*, 1516). En effet, une utopie est la construction imaginaire d'une société constituée en idéal, grâce aux nouvelles règles et institutions qui la régissent, en opposition au monde que l'on connait – le but de l'utopie étant d'améliorer le monde dans lequel on vit en s'inspirant de ce nouveau fonctionnement. Bien que non imaginaire, l'ile de Tahiti semble reprendre les caractéristiques les plus importantes de l'utopie telle que More la présente :

- **l'utopie se situe généralement sur une ile**. Les habitants vivent ainsi repliés sur eux-mêmes sans être influencés par l'extérieur ;
- **on laisse peu de place à l'individualisme**, tout doit se faire au nom du collectif dans le but d'atteindre un bonheur partagé. La notion de propriété était ainsi inconnue des Tahitiens avant l'arrivée des Européens (« ici, tout est à tous », chapitre II, p. 14) ;
- **le luxe est banni**. Les Tahitiens n'ont pas de besoins superflus et considèrent les richesses comme des biens imaginaires.

L'organisation politique et morale de Tahiti en fait une société heureuse, libre et prospère. Pourtant, si le discours de Diderot peut s'apparenter au genre utopique, c'est exclusivement en tant que dispositif critique : le récit n'entre pas dans le détail de l'organisation de cette société et revient au contraire toujours sur la société européenne à laquelle elle est comparée. Ce qui intéresse Diderot, c'est la critique de la vieille Europe. En comparaison, le dialogue s'attarde davantage sur les défauts de la société européenne, que sur la célébration du système idéal de Tahiti. Le modèle tahitien représente moins un exemple à imiter qu'un contre-modèle qui lui permet d'analyser et de critiquer les sociétés européennes.

À travers cette utopie, Diderot tient à montrer que l'idéal n'existe pas, puisque Tahiti a été perdue, viciée par les Européens. Diderot permet au lecteur de se poser des questions sur la société européenne en la mettant en perspective par rapport à l'état de nature, sans pour prôner le retour à la vie naturelle que mène les Tahitiens

Les normes européennes et la sexualité

Le *Supplément au voyage de Bougainville* a pour sous-titre *Dialogue entre A et B sur l'inconvénient d'attacher des idées morales à certaines actions physiques qui n'en comportent pas.*

Ce sous-titre démontre la volonté de Diderot de critiquer la morale sexuelle européenne. Selon Diderot, l'homme civilisé (c'est-à-dire européen) doit obéir à trois codes qui souvent se contredisent : la religion, la législation et la nature. Comme l'explique B, « parcourez l'histoire des siècles et des nations tant anciennes que modernes, et vous trouverez les hommes assujettis à trois codes, le code de la nature, le code civil, et le code religieux, et contraints d'enfreindre alternativement ces trois codes qui n'ont jamais été d'accord » (p. 325). Ainsi, Diderot attaque la religion et le code civil qui l'entérine, en tant qu'ils s'opposent à l'état naturel de l'homme.

Dans la troisième partie, à l'occasion de la conversation entre Orou et l'aumônier, la religion est clairement visée à travers le personnage de l'ecclésiastique. En effet, les valeurs religieuses qu'invoque à de multiples reprises l'aumônier pour ne pas avoir de relations sexuelles avec une femme semblent dérisoires puisqu'il finira par succomber à la tentation :

> « Le naïf aumônier dit qu'elle lui serrait les mains, qu'elle attachait sur ses yeux des regards si expressifs et si touchants, qu'elle pleurait, que son père, sa mère et ses sœurs s'éloignèrent, qu'il resta seul avec elle, et qu'en disant, "Mais ma religion ! mais mon état !" il se trouva le lendemain couché à côté de cette jeune fille qui l'accablait de caresses [...] » (chapitre III, p. 23)

En révélant les faiblesses et l'hypocrisie de l'aumônier, Diderot dénonce le vœu de célibat imposé aux membres du clergé. C'est un vœu contre nature, puisqu'il est dans la nature de l'homme de procréer. Pour les Tahitiens, rien n'interdit la procréation car tout ce qui peut contribuer à augmenter la population de l'ile est bénéfique. Lorsque l'aumônier et Orou discutent, ce dernier ne comprend pas pourquoi les Européens multiplient les interdits.

Outre la chasteté imposée aux ecclésiastiques et l'interdit de l'inceste, Orou ne comprend pas la pudeur des Européens, qui se cachent et éprouvent de la honte à l'idée de dévoiler leur corps ou de se reproduire à la face du monde : « L'Otaïtien nous dirait : Pourquoi te caches-tu ? De quoi es-tu honteuse ? Fais-tu le mal quand tu cèdes à l'impulsion la plus auguste de la nature ? » (p. 329)

Aussi la morale sexuelle entraine-t-elle le malheur dans la société. Orou, dans la quatrième partie, en imagine l'étendue :

> « [L]a société dont votre chef nous vante le bel ordre, ne sera qu'un ramas ou d'hypocrites qui foulent secrètement aux pieds les lois ou d'infortunés, qui sont eux-mêmes les instruments de leur supplice en s'y soumettant ; ou d'imbéciles en qui le préjugé a tout à fait étouffé la voix de la nature ; ou d'êtres mal organisés en qui la nature ne réclame pas ses droits. » (p. 307)

Un peu plus tard, alors qu'Orou le remercie d'avoir honoré sa fille, et donc sa famille, il demande à l'aumônier de bien vouloir éclairer pour lui le sens du mot religion. Or celui-ci n'y parvient pas. Il décrit Dieu comme un ouvrier, que personne ne voit et qui ne vieillit pas, mais Orou ne comprend pas la raison d'être de ce « vieil ouvrier qui a tout fait sans tête, sans mains et sans outils ; qui est partout et qu'on ne voit nulle part ; qui dure aujourd'hui et demain et qui n'a pas un jour de plus ; qui commande et qui n'est pas obéi ; qui peut empêcher et qui n'empêche pas » (chapitre III, p. 25). Selon lui, Dieu, qui impose aux hommes de suivre des règles qui vont à l'encontre de l'instinct naturel, est une invention absurde.

Le mariage, institution religieuse par excellence, est lui aussi déconstruit par Diderot dans son roman. B présente le mariage comme une institution perverse dans le sens où il asservit la femme à l'homme :

> « Aussitôt que la femme devint la propriété de l'homme et

que la jouissance furtive d'une fille fut regardée comme un vol, on vit naître les termes pudeur, retenue, bienséance, des vertus et des vices imaginaires, en un mot entre les deux sexes des barrières qui empêchassent de s'inviter réciproquement à la violation des lois qu'on leur avait imposées, et qui produisirent souvent un effet contraire en échauffant l'imagination et en irritant les désirs. » (p. 328)

À l'inverse, Orou donne la définition suivante du mariage tel qu'il se pratique à Tahiti : « Le consentement d'habiter une même cabane et de coucher dans un même lit, tant que nous nous y trouvons bien. » (p. 307) Il conçoit donc le mariage à travers le prisme de la liberté, qui régit la société tahitienne (du moins telle que la décrit Bougainville), et de la nature inconstante des hommes, qui peuvent décider de rompre une relation lorsqu'ils le désirent. Le mariage européen est donc dénoncé en ce qu'il est indissoluble, et partant, contraire à l'état de nature.

Quelles que soient les institutions, « L'empire de la nature ne peut être détruit ; on aura beau le contrarier par des obstacles, il durera. » (p. 331) Selon Diderot, les prêtres et les magistrats ne doivent pas décider de ce qui est bon ou de ce qui est mauvais, puisque l'homme ne peut se soustraire à son état de nature.

La confrontation entre les mœurs européennes et tahitiennes n'est pourtant pas utilisée par Diderot pour faire l'apologie de l'amour libre. B explique en effet dans la dernière partie qu'il est préférable de se conformer aux lois de son pays puisqu'il est de toute façon impossible de revenir purement et simplement à l'état de nature. L'idée est d'utiliser l'état de nature comme un idéal à l'aune duquel on peut critiquer et relativiser la civilisation européenne. Diderot pousse son lecteur à se demander quelle attitude adopter lorsque l'on réalise la contradiction entre les normes imposées par la religion ou le mariage et le principe naturel.

Critique de la colonisation

La question de la colonisation est principalement évoquée à travers le discours du vieillard, dans la deuxième partie du récit. Il y critique la corruption engendrée par la colonisation européenne. Les valeurs inculquées par les explorateurs ont été mauvaises (la propriété, la fidélité, etc.) et ont conduit au déséquilibre de la société :

> « Nos filles et nos femmes nous sont communes, tu as partagé ce privilège avec nous, et tu es venu allumer en elles des fureurs inconnues. Elles sont devenues folles dans tes bras, tu es devenu féroce entre les leurs ; elles ont commencé à se haïr ; vous vous êtes égorgés pour elles, et elles nous sont revenues teintes de votre sang. » (chapitre II, p. 14)

Les explorateurs ont en outre amené des maladies qui ont disséminé la population.

Le vieillard critique aussi l'esclavage instauré pas les Européens dès leur arrivée sur les terres tahitiennes :

> « Nous sommes libres, et voilà que tu as enfoui dans notre terre le titre de notre futur esclavage. Tu n'es ni un dieu ni un démon, qui es-tu donc pour faire des esclaves ? [...] Si un Otaïtien débarquait un jour sur vos côtes et qu'il gravât sur une de vos pierres ou sur l'écorce d'un de vos arbres : Ce pays

Il dénonce ainsi l'orgueil européen et ne comprend pas l'ivresse du pouvoir des colonisateurs qui veulent les asservir à tout prix et les considérer comme une race inférieure, alors qu'ils sont un peuple pacifique et libre.

Publié à une époque où la colonisation est ancrée dans la culture européenne, qui se croit supérieure à toute autre culture, le *Supplément au voyage de Bougainville* bouscule les idées reçues, questionne la morale et les institutions françaises, en même temps qu'il alimente la curiosité de son lecteur envers cette ile d'amour et de raison qu'est, d'après lui, Tahiti. Sa critique des effets dévastateurs de la colonisation et, en contrepoint, sa description idyllique de la société tahitienne ont inspiré de nombreux écrivains et artistes à travers les siècles, parmi lesquels on peut citer Pierre Loti (écrivain français, 1850-1923) dans *Le Mariage de Loti* (1880), Paul Gauguin (peintre français, 1848-1903) qui embarque pour Tahiti au printemps 1891 afin de se débarrasser de l'influence néfaste de la civilisation, Victor Segalen (écrivain français, 1878-1919) qui poursuit la démarche de Gauguin dans *Les Immémoriaux* (1907) ou encore Jean Giraudoux (écrivain français, 1882-1944) dans son *Supplément au voyage de Cook* (1935), dont le titre s'inspire directement de celui de Diderot.

PISTES DE RÉFLEXION

QUELQUES QUESTIONS POUR APPROFONDIR SA RÉFLEXION...

- Selon vous, ce texte est-il plutôt littéraire ou philosophique ? Expliquez votre réponse.
- Selon vous, que symbolise le brouillard évoqué au début et à la fin du texte ? Expliquez.
- À la fin de la deuxième partie, A commente les paroles du vieillard : « Ce discours me paraît véhément ; mais à travers je ne sais quoi d'abrupt et de sauvage, il me semble retrouver des idées et des tournures européennes. » Expliquez, commentez et justifiez cette citation.
- « Il faut voyager pour frotter et limer sa cervelle contre celle d'autrui. » (MONTAIGNE, *Essais*, I, chap. 26). Dans quelle mesure le *Supplément* est-il une illustration de cette phrase de Montaigne (écrivain français, 1533-1592) ?
- En quoi l'ile de Tahiti est-elle présentée comme une utopie dans le *Supplément* ?
- Quels sont les procédés rhétoriques employés par B pour convaincre A ?
- Pourquoi, selon Diderot, la société européenne est-elle corrompue ? Justifiez votre réponse.
- Quelle vision de la colonisation européenne donne-t-il dans son récit ?
- Le passage des adieux du vieillard a souvent été comparé au discours du vieillard du peuple des Troglodytes, dans la lettre XIV des *Lettres persanes* de Montesquieu (écrivain français, 1689-1755). Pourquoi selon vous ?

- Que vous semble apporter à l'argumentation de Diderot l'histoire de Polly Baker ? Justifiez.

POUR ALLER PLUS LOIN

ÉDITION DE RÉFÉRENCE

- DIDEROT D., *Le Neveu de Rameau et autres dialogues*, Paris, Gallimard, coll. « Folio Classique », 1972.

ÉTUDES DE RÉFÉRENCE

- ALBERTAN-COPPOLA S., *Supplément au voyage de Bougainville. Denis Diderot*, Paris, Hatier, coll. « Profil d'une œuvre », 2006.
- DIECKMANN H., *Supplément au voyage de Bougainville*, Genève, Droz, 1955.
- LEPAPE P., *Diderot*, Paris, Flammarion, 1991.
- « Le Supplément au voyage de Bougainville », in *universalis.fr*, consulté le 16 janvier 2017, http://www.universalis.fr/encyclopedie/supplement-au-voyage-de-bougainville/
- « Siècle des Lumières », in *larousse.fr*, consulté le 16 janvier 2017, http://www.larousse.fr/encyclopedie/divers/si%C3%A8cle_des_Lumi%C3%A8res/130660
- VASAK A., « Supplément au voyage de Bougainville », in *universalis.fr*, consulté le 16 janvier 2017, http://www.universalis.fr/encyclopedie/supplement-au-voyage-de-bougainville/

SUR LEPETITLITTÉRAIRE.FR

- Fiche de lecture sur *Le Neveu de Rameau* de Denis Diderot.
- Fiche de lecture sur *Jacques le Fataliste et son maître* de Denis Diderot.

- Fiche de lecture sur le *Paradoxe sur le comédien* de Denis Diderot.
- Fiche de lecture sur *La Religieuse* de Denis Diderot.
- Questionnaire de lecture sur le *Supplément au Voyage de Bougainville*.
- Questionnaire de lecture sur *Jacques le Fataliste et son maître*.

Retrouvez notre offre complète sur lePetitLittéraire.fr

- des fiches de lectures
- des commentaires littéraires
- des questionnaires de lecture
- des résumés

ANOUILH
- Antigone

AUSTEN
- Orgueil et Préjugés

BALZAC
- Eugénie Grandet
- Le Père Goriot
- Illusions perdues

BARJAVEL
- La Nuit des temps

BEAUMARCHAIS
- Le Mariage de Figaro

BECKETT
- En attendant Godot

BRETON
- Nadja

CAMUS
- La Peste
- Les Justes
- L'Étranger

CARRÈRE
- Limonov

CÉLINE
- Voyage au bout de la nuit

CERVANTÈS
- Don Quichotte de la Manche

CHATEAUBRIAND
- Mémoires d'outre-tombe

CHODERLOS DE LACLOS
- Les Liaisons dangereuses

CHRÉTIEN DE TROYES
- Yvain ou le Chevalier au lion

CHRISTIE
- Dix Petits Nègres

CLAUDEL
- La Petite Fille de Monsieur Linh
- Le Rapport de Brodeck

COELHO
- L'Alchimiste

CONAN DOYLE
- Le Chien des Baskerville

DAI SIJIE
- Balzac et la Petite Tailleuse chinoise

DE GAULLE
- Mémoires de guerre III. Le Salut. 1944-1946

DE VIGAN
- No et moi

DICKER
- La Vérité sur l'affaire Harry Quebert

DIDEROT
- Supplément au Voyage de Bougainville

DUMAS
- Les Trois
  Mousquetaires

ÉNARD
- Parlez-leur
  de batailles,
  de rois et
  d'éléphants

FERRARI
- Le Sermon sur la
  chute de Rome

FLAUBERT
- Madame Bovary

FRANK
- Journal
  d'Anne Frank

FRED VARGAS
- Pars vite et
  reviens tard

GARY
- La Vie devant soi

GAUDÉ
- La Mort du
  roi Tsongor
- Le Soleil des
  Scorta

GAUTIER
- La Morte
  amoureuse
- Le Capitaine
  Fracasse

GAVALDA
- 35 kilos d'espoir

GIDE
- Les
  Faux-Monnayeurs

GIONO
- Le Grand
  Troupeau
- Le Hussard
  sur le toit

GIRAUDOUX
- La guerre de
  Troie
  n'aura pas lieu

GOLDING
- Sa Majesté des
  Mouches

GRIMBERT
- Un secret

HEMINGWAY
- Le Vieil Homme
  et la Mer

HESSEL
- Indignez-vous !

HOMÈRE
- L'Odyssée

HUGO
- Le Dernier Jour
  d'un condamné
- Les Misérables
- Notre-Dame
  de Paris

HUXLEY
- Le Meilleur
  des mondes

IONESCO
- Rhinocéros
- La Cantatrice
  chauve

JARY
- Ubu roi

JENNI
- L'Art français
  de la guerre

JOFFO
- Un sac de billes

KAFKA
- La Métamorphose

KEROUAC
- Sur la route

KESSEL
- Le Lion

LARSSON
- Millenium 1. Les
  hommes qui
  n'aimaient pas
  les femmes

LE CLÉZIO
- Mondo

LEVI
- Si c'est un
  homme

LEVY
- Et si c'était vrai…

MAALOUF
- Léon l'Africain

MALRAUX
- La Condition
  humaine

MARIVAUX
- La Double
  Inconstance
- Le Jeu de l'amour
  et du hasard

MARTINEZ
- Du domaine
  des murmures

MAUPASSANT
- Boule de suif
- Le Horla
- Une vie

MAURIAC
- Le Nœud
  de vipères

MAURIAC
- Le Sagouin

MÉRIMÉE
- Tamango
- Colomba

MERLE
- La mort est
  mon métier

MOLIÈRE
- Le Misanthrope
- L'Avare
- Le Bourgeois
  gentilhomme

MONTAIGNE
- Essais

MORPURGO
- Le Roi Arthur

MUSSET
- Lorenzaccio

MUSSO
- Que serais-je
  sans toi ?

NOTHOMB
- Stupeur et
  Tremblements

ORWELL
- La Ferme
  des animaux
- 1984

PAGNOL
- La Gloire de
  mon père

PANCOL
- Les Yeux jaunes
  des crocodiles

PASCAL
- Pensées

PENNAC
- Au bonheur
  des ogres

POE
- La Chute de la
  maison Usher

PROUST
- Du côté de
  chez Swann

QUENEAU
- Zazie dans
  le métro

QUIGNARD
- Tous les matins
  du monde

RABELAIS
- Gargantua

RACINE
- Andromaque
- Britannicus
- Phèdre

ROUSSEAU
- Confessions

ROSTAND
- Cyrano de
  Bergerac

ROWLING
- Harry Potter à
  l'école des sor-
  ciers

SAINT-EXUPÉRY
- Le Petit Prince
- Vol de nuit

SARTRE
- Huis clos
- La Nausée
- Les Mouches

SCHLINK
- Le Liseur

SCHMITT
- La Part de l'autre
- Oscar et la
  Dame rose

SEPULVEDA
- Le Vieux qui
  lisait des romans
  d'amour

SHAKESPEARE
- Roméo et Juliette

SIMENON
- Le Chien jaune

STEEMAN
- L'Assassin
  habite au 21

STEINBECK
- Des souris et
  des hommes

STENDHAL
- Le Rouge et
  le Noir

STEVENSON
- L'Île au trésor

SÜSKIND
- Le Parfum

TOLSTOÏ
- Anna Karénine

TOURNIER
- Vendredi ou
  la Vie sauvage

TOUSSAINT
- Fuir

UHLMAN
- L'Ami retrouvé

VERNE
- Le Tour
  du monde
  en 80 jours
- Vingt mille
  lieues sous
  les mers
- Voyage au
  centre de
  la terre

VIAN
- L'Écume des jours

VOLTAIRE
- Candide

WELLS
- La Guerre des
  mondes

YOURCENAR
- Mémoires
  d'Hadrien

ZOLA
- Au bonheur
  des dames
- L'Assommoir
- Germinal

ZWEIG
- Le Joueur
  d'échecs

www.lepetitlitteraire.fr

ISBN version numérique : 978-2-8062-9405-0
ISBN version papier : 978-2-8062-9406-7
Dépôt légal : D/2017/12603/86

Avec la collaboration de Pauline Coullet pour les chapitres « Les Lumières ou la mise en avant de la raison », « Le dialogue philosophique » et « Utopie ou critique de la vieille Europe ? ».

Conception numérique : Primento, le partenaire numérique des éditeurs.

Ce titre a été réalisé avec le soutien de la Fédération Wallonie-Bruxelles, Service général des Lettres et du Livre.

Made in the USA
Monee, IL
07 July 2026

56545294R00022